歌集

まだまだです

Kang Hanna

カン・ハンナ

角川書店

目次

＊Ⅰ

＊Ⅱ

装幀　片岡忠彦

歌集　まだまだです

カン・ハンナ

*
I

アンニョンハセヨ

雲の中スピード出して飛ぶ鳥を見上げる今日　母の誕生日

韓国語明るい新宿に振り向かずニッポンジンのフリして歩く

夢の中の登場人物全員が日本語になった来日五年目

猫舌と知りながら母は熱々のコーヒーを出した旅立ちの朝

飛行機のチケットは買えずコンビニで国際電話カード買う朝

ソウルの母に電話ではしゃぐデパ地下のつぶあんおはぎの魅力について

参拝の仕方も知らず日枝神社へ下手な日本語で神様を呼ぶ

祈る場所なかったソウル人ごみをただ歩くだけ　寒い冬だった

空にいる古い木にいる川にいるニッポンの神　アンニョンハセヨ

神様に会いにゆく日を覚えたいカバンの中に御朱印帳入れ

生きること千年を超えるイチイの木あなたの時間を少しください

千年も生きる木なのに枯れそうな顔するあなたの妻になろうか

暗い洞に溜息ためる木のあなた私の胸が森になってゆく

茎

ゼミ終わり目が赤くなって立ち止まる湿度の高い日本に来て

音のない暗い校舎で息を吐くカバンの中でつぶれているパン

図書館の判が押された本五冊両手におさえ急行に乗る

傘のなか彼から汗の香りがしたどうやらその日が梅雨の始まり

一ページ読み終えるのに一時間ルビだらけになる『日韓関係史』

難しい漢字とたたかう日本の書、付箋を貼っても海を越えない

水面にふわりと浮かぶ睡蓮の組み合う茎は君に見せない

百円のインスタントのラーメンに卵を一つキムチを添えて

「役に立つ研究がしたい博士です」私はただ勉強好きな子か

ペンだこを何度も触る夜中二時海なんてない火星のように

生臭いにおいの明け方アイデンティティをせおって進むリンゴマイマイ

母の鼻毛

ニッポンの朝はやさしい新聞を畳んで電車に読んでいる人

新品の白いリュックに手作りのキムチ詰め込んで母が会いにきた

「誰よりも優しく賢く産んだのに寂しくさせる子」母がまた言う

赤い赤い垢すりタオルで母の背の垢を落とすこと十か月ぶり

切ってあげる伸びた鼻毛を切ってあげる　母の頭をふんわり押さえ

予想より長引く旅だ　ぼろぼろの靴を見ながら震えるまぶた
見たことのない人混みをかき分けるヒマラヤのような道玄坂で

幸せはここにはなくて明日にある　そうなんだろうか資料を畳む

ばさばさのベーグルに甘い蜂蜜をコトコトつけた一人の夕飯

このカップの氷が溶けたら返事しよう　いつか濃かったコーヒーとして

青い空百八十度見えてくるたんぼ道ならわいわい泣くのに

靴の紐強く結んでそれだけが坂の途中の我の背を押す

たこ焼き

恋の歌流れるカフェでカプチーノの泡に描かれたハートをつぶす

レジ打って腰から折ってお辞儀するバイトの君はたぶんタイ人

大阪のたこ焼きの出汁が東京と違うと言い張る私がうれしい

文章の点まですべて見逃さない江國香織の『こうばしい日々』

恵比寿駅のトイレの鏡に肩並べ隣の子より赤くなるリップ

キャラクターのコスプレをしてキャラクターに拒まれている人間の孤独

オンドルの床じゃないこと朝ごとに揺れるベッドで布団をにぎる
（オンドル：床下暖房）

カップ麺ビニール袋に詰め込んで思ってもいない結婚思う

焼きたてのパンの紙袋を抱いている今日の幸せを私にあげる

「泥棒に頭のなかは奪われない」ソウルの父の手紙の追伸

冷えてゆく研究室で先生がそろりと私に寄せるストーブ

焼き鳥を食べに行こうと誘ってよ大学の並木を一人で帰る

ニッポンで何を超えたいのだろうか日が昇ってから本二冊閉じ

日韓の論百枚を書きはじめ始める私の本当の愛

スプーンください

驚きの地下鉄路線図前にしてもがき苦しむ蜘蛛の巣のよう

東京の地下をレモンやニンジンに当てはめながら慣れてゆく日々

牛丼を割り箸で食べる人々の横でスプーンくださいと言う

浅草の「おこし」と同じ味がする「カンジョン」というソウルのお菓子

冬雨が早いスピードで降りてくる窓の向こうを永く眺める

ふゆさめ、を歌にした日に金沢から「ぜひこのままで」追伸入る

トランプもキム・ジョンウンもパク・クネも日本のニュースの主人公となり

韓国と日本どっちが好きですか聞きくるあなたが好きだと答える

話したいことを話せず喉かゆしハーブの香りの飴なめて待つ

立ち寄った商店街にて小銭さえあればもらえる幸せが舞う

ハッピーエンド

集まった人が一分で引いてゆく渋谷で見下ろす潮の満ち引き

百円で買った古本　主人公が苦しみを超えハッピーエンドへ

この国にたどり着いた人それぞれの旅路を彩る長編小説

宇宙から地球のような惑星が七つ見つかるニュース聞き流す

飛行機に二時間乗れば着く故郷　足を留める入国審査

口元をきりりと閉める母さんにまたすぐ来るとウソつく空港

石庭に静かな波が押し寄せて白い牡丹は声を出せない

母の子は母が思うより母想う線路伝いに咲く菜の花も

良いことのない日に探す今だけが特別価格の二個入りセット

手作りの母の干し芋ぐちゃぐちゃと噛む音を出す一人きりの部屋

TOKYO

東京はエレベーターでも電車でも横目でモノを見る人の街

ケータイに斉藤がいて斎藤と齊藤もいる来日六年

Amazonのボタン押すだけ　五時間で届くメイドインコリアのキムチ

「外人は借りられぬ部屋があります」と物件探しに熱くなる耳

続いての「つ」の発音と、ございますの「ざ」の発音でどうしてもバレる

新しい発見のない普通の日、古着屋で買うビンテージシャツ

都庁から無料で見られるパノラマは嫉妬するほど綺麗なTOKYO

毛羽が立ち流行も過ぎたセーターは日本に来た日の全てでもあり

期限付きの在留カード持ち歩き　いつか終わりのある木を植える

リミットがあるものを皆うれしがる　期間限定、地域限定

太陽も風も夜霧も受け入れた甘い干し芋の時間を頂く

踏まれたら汚れてしまう花びらを両手で拾う２４６沿い

砂利道

朝日和、木陰の下で燦々と目を光らせる新入生たち

カバンには天神さまのお守りと石より重い広辞苑さま

学部生より教員に歳近いと「冬ソナ」ブームの話で気づく

思うより三十代は怖くないと言い張る前にコーラ飲み切る

社会学、人文科学、歴史学、その境界を思う並木道

体より重い論文抱きしめて眠りに落ちる各停電車

心臓の重さを感じるまで歩く　自信は月に囚われたまま

宛名ないチラシ噴き出す郵便受け　今日もダイアル回して覗く

読み終えた『異文化理解』の中からは見つけられない日韓の距離

本棚に飾っただるまが動かずに片目でにらむ　深夜二時です

日韓の学者になりたいザクザクと音立てながら砂利道を行く

もっと煮込んで

凍らせた我慢全てがじっとりと解凍される夏のはじまり

突然の雨に走る人歩く人　数を数える二階の窓際

油断して症状が悪化してしまうホームシックのような夏風邪

誰よりも結婚願望ある顔でサイズの合わぬシャツ選ぶクセ

初恋の人が結婚しましたと山手線が終点に着く

テーブルに一緒に出されたコーヒーの冷める速度がまた違いました

好きですと口に出す前、チゲのようにコクが出るまで煮込んでください

青空に無理してぐんと伸ばす木の手先を触る夏のそよ風

冬冬冬

口角を無理矢理あげる母がいる　ここはモノクロにじむ病室

痛い痛いヘルニアのこと十年も隠した母の安まるイビキ

夜明け前、冷え込む病室言い訳に溜まった母の下着を洗う

春夏秋冬冬冬になってゆく　調律狂う私の時計

東京へまた戻る朝の病室で母と言葉を交わす　間が空く

羽田発高速バスでレインボーブリッジの上「ただいま」を言う

オレンジがパープルに染まる瞬間に今日を明日が飲み込み始める

櫛でとく

テレビの中ソウルが騒ぎ「弾劾」という日本語を目に耳に知る

夢持って共に歩んだ日本から友の帰る日　みぞれ降った日

日本語の「行けたら行く」は「待たないで」の意味だったのか　飴を舐めつつ

「竹島」と「靖国神社」を聞くごとに水を飲んでも止まらぬしゃっくり

ネット上にどう書かれても気にしない　熱いお風呂に顔を沈める

「目立つからいいよね」と言うあなたこそ自由でいいのに　風のさなかで

言えません　言ってしまえば楽だけど口に出したら本音になるので

膨らんだ風船抱いて電車にもバスにも乗れぬ東京に住む

夢は見栄に似ていて見栄は嘘に似る　夢が嘘になる三段論法

韓国と日本の距離が十センチさらに隔たるニュース眺める

強い風にもつれた髪を櫛でとく　またもつれたら我が櫛でとく

時差のない街

曇りの日に伝わってくる潮の香　ソウルではなく東京にいる

名も知らぬおじさんたちと肩並べかき揚げそばを立ちつつすする

日本語に片言交じるファミレスの店員さんへ上げる口角

「とりあえず定番中の定番にします」と言って日本で生きる

雲すすけ雨まで黒く染まりそうページ進まぬ午後の図書館

自分しか信じられぬと言いながら各地で集めた縁結び守り

爪を噛むサラリーマンと居眠りの少女の間の窓際の席

ソウルより一時間早く日が落ちる時差のない街まぶしい夕焼け

角砂糖を紅茶に落とし均一に広がる甘さ　母に会いたい

ミサイルや殺人事件が一面となる新聞で折ろうよ鶴を

スーパーの片隅にある見切り品がまっすぐ前を向くよう直す

使い捨てのカイロを貼って膨らんだ背中が今日の自信となれば

千百キロメートル

木蓮はモクリョンと呼び寒蘭はハンランと言い我らも愛す

この町に住んで七年　玄関にスーツケースを置きっぱなしにして

ツナ缶の賞味期限が切れたのもここの部屋から越すタイミング

BIGBANGのアドトラックが新宿にノイズ飛ばして新曲を流す

マッコリをやかんでちびりと飲みながら千百キロメートルの距離を忘れる

スーパーの棚に並んだ各国の調味料に見るボーダーレス社会

ありがとうと話しかけたらコマワヨと答えてくれた日なたのおじさん

線路沿いの和菓子屋に来て菜畑のチョウチョウのようにそおっと停まる

「禊」という和の精神を訳すならリフレクションの一言なのか

さみどりの木の葉そよそよ手招くが本重いので今日は帰ろう

母の住む国

からくれないの口紅くっきりつけてから帰っていこう母の住む国へ

レンギョウとツツジの花が満ち溢れ原色に染まる早春のソウル

「三人目も娘を産んでごめんなさい」若き日の母は言ったんだろう

娘など家を継げない他人だと言ってた祖母も誰かの娘

荒波の音が止まらないチェジュ島で静かに祖母は眠っています

母がいて母に触れて母と笑む四十七度の湯舟に浸かり

眼が赤くなっていますよ七階の窓から母がそよと手を振る

生理

日曜のひとりぼっちは思いのほか幸せなんだ　歯磨きはしない

恋にのみ喜ぶ少女の日々があり心の棚にあるシンデレラ

大粒の雨に向かいてハイヒール脱げるほど走る　独りの部屋へ

下腹が膨らみ始めて生理らしい　残った卵子また一つ減る

「アラサーは卵子凍結がいいんだよ」それ以上でも以下でもないが

干からびた百五十円の甘エビが廃棄の際まで回り続ける

わけもなく横断歩道の白線を踏みたい朝と避けたい夜更け

がら空きの座席ですすり泣いててもバスは止まらず東京にひとり

深夜二時コンビニに寄る私たち磁石が引きあうように孤独だ

君待てば

君待てば綿雲が来る君待てばホオジロが飛ぶ来なくても飛ぶ

月陰り霞んだ道の温もりはそばにいた君の体温のよう

結婚を恐れる私が君と逢うチルレコッパ野茨の花壇

らっきょうもオクラもみょうがも君に会い初めて食べた薄暑の野菜

憧れと嫉妬と忍耐だったのか君を因数分解すれば

千鳥ヶ淵の別れはきれい　水面に桜の枝が届かないまま

端整に積み重なったミルフィーユ　フォークで刺して恋終わらせる

「どこまでも行こうか君と」春香《チュンヒャン》のパンソリの恋をしてみたかった
（パンソリ：韓国の伝統音楽的語り物）

松茸の樹脂香に似た匂いがする東京の街は梅雨のはじまり

いつまでもまた朝が来る顔をして飲んで揺らめく思い出横丁

未練などを放置した人おりますか？自転車放置禁止地区にて

さわやかな苦味広がるみょうがから逢いたいと君の声が聞こえる

イルボニン

カンさんは在日ですか?違います、ニューカマー、いえ異邦人です

チマチョゴリ、朝鮮学校、パッチギもニッポンに来て目にした歴史

殴り合うだけの世界に差別などないと在日のボクサーは言う

「に」を打つと自動変換の「日韓」が初めに出てくる人生を選る

「すみませんブックカバーをお願いします」『社会を変えるには』という本

負けるなと在日の友がハルモニの辛いキムチを分けてくれたり
（ハルモニ：おばちゃん）

静やかな日本庭園の庭に立ち名を残してる朝鮮灯籠

マグカップ両手で持って飲むわれにイルボニンぽいと友がまた言う
（イルボニン：日本人）

この国に長居している昼だから気の早い落ち葉本に挟んだ

植物は親から遠い遠い地で芽生えるらしい晴れた空の下

黒南風の去り白南風が両親の家まで来るとふかく眠れる

木曜はペットボトルのゴミ出し日漢字の書き順よりむずかしい

＊
Ⅱ

ねぇママ

東京をよこぎってゆく銀座線　つま先立ちで握るつり革

真っ暗な部屋の中からおかえりとみかん一個が静かに香る

旨みなど期待できない即席の食品ばかり部屋にあふれる

「ああ疲れた」バスタブの中で呟いた独り言まで日本語になり
寂しさに効く薬など見つからずひりりと辛いキムチほおばる

深夜二時　机の明かりに気づかされてカップの底の渋を磨きだす

ビル街に日がな一日雪が舞い　ねぇママ、生まれてくれてありがとう

母の子は妥協を知らず堅固です母の遺伝子に導かれきて

のんびりと雪の降る夜マシュマロがココアの中で溶けるまで待つ

明後日は極寒が来ると満員のバスの中から漏れ聞く大晦日

サムゲタン、タッカルビさえ食べられるこの地にはホームシックまである

空っぽの娘の部屋に寒い日は床暖房を入れる母がいる

凍りつく漢江

あと少しで母に逢います　はなやかな色合いの町はマイナス十度

凍りつく漢江は毫も揺るがない変わるソウルの変わらぬ風景

ひらがなの看板増えた江南《カンナム》に行列つくる長崎ちゃんぽん

書店にて『少々浪漫日本での小都市旅』がベストセラーになり

麦ごはんと浅漬けキムチとお母さん　完璧すぎる夕食の卓

独身で女でしかも海外で心配なことばかりと親は

横に並び母と餃子を包みつつ何も聞かず何も聞かれず

書き溜めた十年前の日記には雪の結晶のような文字たち

露天風呂の湯に浸りつつ星のない霞んだソウルの空を見上げる

深々と背中丸めて寝る母の説教とうぶん聞かないままに

光差す実家の床にほこり立て老眼鏡を探す母の手

この後は何度別れを告げるのか明け方に母は卵を茹でる

羽田行きの離陸案内　窓越しの夕やみは濃し静かなソウル

入国管理局

貸し切りの中央線の窓越しに溶けたバターのような朝の陽

多国籍の外国人がビザを取るだけに集まる入国管理局

502番号札を持たされた難民キャンプのようなたまり場

ほこり被る床に座ってうとうととカザフスタンの母は子を抱いて

一階にあるファミマでは白い手も黒い手もみなおにぎりを取る

中国人と台湾の人に挟まれて体すくめて座る二時間

目が合った子と変顔をして遊ぶ言葉の要らない夢の国になる

提出の書類が違うと返されたタイの青年よ肩を上げなさい

左にはポピー右にはバラが咲く春の小道も明日には変わる

四月の院生室

また春が来た通学路　若い靴は耳から鼻にスッとぬけてゆく

私にもあったはずです日を重ねますます咲きつぐツツジの若さ

窓越しの青葉のことを誰も触れぬ院生室の先輩後輩

七年も日韓関係見つづける　しつこい人が生き残る世界

孤独にはさせたくないと先生は声を荒げるうつむく我に

『メディア論』『映画とネイション』『記号論』食事代にもならぬ本ばかり

学者には向いてない、いや向いている「間もなく終点、渋谷、渋谷です」

落ちてきた桜の花びらアスファルトで踏まれて踏まれて化石のように

ソメイヨシノは

気が付けば君が好きだった空色がクローゼットに溢れ出る春

「長引いた風邪治ったよ」オンマにも私の居ない日々は続くもの
（オンマ：かあちゃん）

結婚をひかえた友が青色の春風となりそよそよ話す

リオ・サンバは光を受けて橙色がピンクに変わり恋する心

牛丼にサラダをつける「わたし女ですから」というような顔して

大数の法則に沿いスクランブル交差点にあなたを探す

花の粉がマスクの中に入ってきて鼻をくすぐる笑いなさいと

一枚ずつラッピングして食パンを凍らせる日は結婚がしたい

春の日にヨモギを干して粉にひく母の日曜は忙しいはず

交配ができず一世で終わるらしい　慎ましい顔のソメイヨシノは

真っ黒なサイフォンコーヒー

上下するお湯が真っ黒に変わりゆく君と最後のサイフォンコーヒー

伝えたいことが浮かばず日本語も片言になりすべてが悔しい

「幸せになってください」言い張った我の背後にひかる乱雲

もう一度君に逢えたのに夜空には欠ける明日を恐れる満月

泣き出していいはずだった灰色の雨に打たれてこじらせた恋

たどたどしいイントネーションで「サランヘ」と言う君の甘い声もサヨナラ

完璧な恋は望まない、わかってる、わかってるからこそ難しい

千切りのキャベツの山をしぼませるドレッシングはまるで君のよう

二番目に好きな人との結婚が良いと言われてまだうなずけず

結局は愛する人と結ばれる青春もののドラマの結末

花が散り愛する人も去ってゆく今欲しいのは母のごつい手

ラストオーダー

六年で限界が来たと転職をやめて韓国に帰る友だち

ソウルだと只のおかずが渋谷では千円を超すナムル盛り合わせ

面接に落ちた友達の沈黙をやぶらないでよ「ラストオーダーです」

「色々と楽しかったね」しか言えず濃く濁ってきたマッコリ混ぜる

会わなくてもこの地に共にいるだけで友の役割果たしていたはず

ヒロインが自国に帰るエンディング「ありえない」けどあり得るのです

夏の夜のコップに付いた水滴が涙のようにストンと落ちる

照りつけた日差しの熱がまだ残る郵便物に母の冷麺

一日の終わりの闇に圧されてもわたしはオンマのように強いのだ

ナフタリンの香

同齢の友が赤ちゃんを抱きしめて手を振ってくる　無敵な光

赤ちゃんが私をじっと見て手を伸ばすこれだけでこんな嬉しくなるのか

君は子に話しかけつつ伸びた麺を横目でずする幸せそうに

「悲しむとこの子が悲しむ」亡き母のことを淡々とした声で友は

冷房にナフタリンの香混ざり合い昨日と今日のわれがゆき迷う

こんな日ほど右も左も進めないラッシュアワーの環七通り

結婚はタイミングだと言われた日　独りの部屋でおなら出し切る

猫背のまま本を読むこと八時間決してひとりが好きなわけじゃない

机には消しゴムのカスと干からびたコンタクトレンズ散らばったまま

頑張れと言われなくても頑張ってる　バスタブの垢をごしごしこする

建て前と本音

この国の床は冷たくよく揺れる　同じマントルの上の生活

この地から出てゆく友と訪れる友すれ違うせわしき東京

「各国」と「韓国」の音がどうしても聞き分けられぬ調子の悪い日

日本語の発音のままハングルで記すノートは誰も読めない

「日本語が上手ですね」と言われると「まだまだです」が口癖になり

「好き嫌いではなくこれからは中国語」配られたティッシュの赤い広告

来日して十年目には迷うらしい　永住権と帰化のお知らせ

建て前と本音のある国　そういえば通訳代はいくらでしたっけ

反日が多いでしょうと言う前に一度でいいから行ってもらいたい

嫌韓と反日がいる日韓でもっと流れろ韓流、日流

隣席のイヤホーンから溢れくるKポップの曲　電車も走る

会おう

東京の暑さ薄らぎ「松茸」と「栗」の漢字が季節を知らせる

仲秋の涼しい風がベッドにある『旅の詩集』をめくりはじめる

正体を失いそうなアメ横で気を張りつめた旅人演じる

銀座線で揺られた未練を乗り換えの南北線に引きずるなんて

ルワンダの酸味のなかに溶け込んだ甘味を先に気づく人もいる

「会いたいね」「会えたらいいな」ばかり来るラインが「会おう」までになるかしら

長針と短針重なりゆくことも愛しむ　君に逢えない夜は

寝なさいと母の代わりに言ってくる歌舞伎の幕のようなテレビが

悪夢から覚めた明け方　窓越しに羽繕いする虹色の鳩

六畳に困る大きな花束は洗面台で満開を待つ

小さき箱

方形の小さき箱に住んでいる笑顔の「私」今日も映る

小刀のようにマイクを腰に差しスタジオへ入る本日の仕事

日韓がテーマの日には人魚姫が海の泡になる直前のよう

どんな顔すればいいのかうなずきもできないわたしに照明が差す

真っ黒で大きなテレビカメラ越し我の本音が届けられたら

無数にあった言葉の中の一言がネットニュースになり海を渡る

親離れしたはずなのに韓国のネットニュースが母を泣かせる

テレビからネット、ネットからまたテレビ　打ち返す波は今日も激しい

ネット上で炎上している「カンハンナ」に両国想う私はいない

母国から非難を浴びて辛いよねと日本の友が先に泣き出す

「しょうがない」この一言の安らぎを知らなかったはず　二十歳のわたし

幸

聞いてもない帰化の条件聞かされる春の昼下がりはアウターに困る

持ち帰る紙袋から焼きたてのたい焼きの尾が揺れる幸せ

茶碗蒸しの蓋のまるさがあいまいで今日は誰かを好きになりそう

幸せはここにあるかも焼き鳥でネギの旨味を分かり合えた夜

閉店の老舗喫茶が常連の後押しでまた開く春虹

「忘れずに一日一度は水替えを」一本の薔薇を買ったレジにて

春の日は生きているだけで幸せね 「赤毛のアン」が世田谷にいる

福岡の友に教わり「すいとうと」唱える渋滞中の車内で

捨てられる食パンの明日を買いました　赤いシールが勲章になれ

キムチ一本

手術後の消えない傷は冷える
たびまた痛み出す　三十八度線

逢いたかったソウルを隠す灰色のPM2.5で迷子になりそう

「オクリョン氏！」名のないオモニで生きてきた七十歳の彼女が見える

娘よりぬれせんべいとサロンパスを楽しみに待つ母でいいです

モノクロの写真のなかで若き母が祖母を後ろから抱きしめている

私にも白髪が見つかり母親に追いついてきた朝は嬉しい

「残される人に後悔させたくない」いつからか母の寝る前のセリフ

ニンニクをまるごと口にぶっこんでもぐもぐ食べるここはふるさと

日本を離れて五日　録画したハードディスクの容量が気になる

ソウルでも左側通行してしまうこの体まで日本に馴染む

午後二時にお菓子を食べて夜十時にラジオを流す今の母を知り

母と同じ香りにしたいヨンコッの柔軟剤をスーツケースへ
（ヨンコッ：蓮華）

「持っていく？」ゴム手袋がつかみだすキムチ一本持ち上げて母は

匂いには匂いの想いが生きていて醤油の匂う成田空港

サルランサルラン

一つだけ残されている焼き餃子　ここは日本の奥ゆかしい夜

北風の姿を心に描いたら心の君が抱きしめてくる

本当に知らない顔で聞いてくる短歌と俳句の違いについて

二千字の論文よりも三十一字に時間を取られて月満ちてくる

一首ずつ我が歌を詠む日々こそが日本で生きる証になれば

ハングルを混ぜた短歌に文学は平和であってほしいと願う

泡立ちの悪いシャンプーでごしごしと髪洗いつつ一首も磨く

東京で母の香りがふいに舞い電話をすれば香り強まる

そよそよと風が吹くようソウルでもサルランサルラン風は吹くだろう

あとがき

「日本の神様、私らしく生きるための道を教えてください。この国でどんな試練があってもブレずに頑張れる居場所があれば私にも勇気が出ます」

日本語を知らず、知り合いさえ一人もいないのに夢だけ持って日本に来た私は、神様に手を合わせてこのようなことを毎日祈りました。そして来日四年になる頃でしょうか。短歌を始めて二年半。初めて応募した角川短歌賞で佳作に入選することになりました。その時、私は「願いが叶ってゆく」と短歌との運命を感じました。

千四百年を超える日本の最古文学である短歌と、一言も日本語を喋れずに日本に来た韓国出身の私との物語を少しお話しします。

日本に来て右も左も知らないままひたすら頑張ることしかできなかったある日の事です。独学で日本語の勉強をしていた私は来日してから出来るだけたくさん日本の小説からエッセイなどの書籍を読んだり、映画やドラマ、アニメーションなどを見ていましたが、新海誠監督のアニメーション映画『言の葉の庭』もその時に見た作品でした。そして私は『言の葉の庭』の中に出てくる万葉集に出会ってしまうのです。〈鳴る神の少し響みてさし曇り雨も降らぬか君を留めむ〉この一首が詠まれた瞬間、心を打たれ、涙が止まりませんでした。たった三十一文字だけなのにこんなに人の心を動かすこの力はなんだろう。衝撃でした。そして私はさっそく本屋さんに行って万葉集の本を買い、難しい言葉だらけの万葉集を読み始めたのです。

その何か月後でしょうか。大雪で突然電車が止まり、線路沿いの雪をじっと見ながらなかなか来ない電車を待っていた私に一通の電話が来ました。マネージャーさんからの電話でした。「短歌って知ってますか？　ＮＨＫで短歌の番組があって、そのオーディションを受けてみませんか？」静けさが漂う駅のホームで「短歌」という言葉を聞いた瞬間、私は不思議ながら心の奥から温もりを感じました。

そして運命の道へ導かれたように、私はＮＨＫ Ｅテレ「短歌de胸キュン」レギュラー出演者となり、短歌を作り始めることになりました。日本に来てまだ二年も経ってない時でしたが、たどたどしい日本語で短歌を作ることはそんなに簡単なことではありませんでした。日常会話がある程度できたとしても描写や比喩などの日本語の表現がなかなかできない、そして日本人同士だと分かち合う感性が私にはなかったので最初は本当に手の届かない世界のものでした。当然でありながら日本語の繊細な表現も知らなかったわけです。例えば、「食べる」だけでも「食う」とも言いますし「食む」とも言います。それ以外にも「頬張る」「ちぎる」「かじる」「すする」など、ニュアンスの違う日本語の表現がたくさんあるのに、まだ「食べる」しか表現できない自分自身が悔しくて落ち込むばかりでした。そのため、毎日私は夜中まで日本語の勉強をし続けました。少しでも良い短歌を作りたい気持ちが強かったのでしょうか。今思うとその時の悔しさがあったからこそ短歌ともっと真剣に向き合うことができたと思います。

詠いたいことを詠えば良いです

結社に入っていない私が唯一短歌を学ぶことができる場所はＮＨＫの番組でした。たくさんの視聴者さんが送ってくださる素敵な短歌を読んで刺激を受けたり、選者の方々から収録の時に教えてもらうコツを参考にしたり、今もそうしています。

短歌を作り始めた頃、私は自分自身が作る短歌に全く自信がなかったです。そんな私に選者の方々から「あなたの歌は難しい言葉を一切使わないのに、心に響く力を持っている。だから大丈夫！」と勇気付けられました。その言葉を頂いてから私はやっと自分が作る歌の良さを信じるようになり、今でも自分の道しるべにしています。

「カンちゃんは詠いたいことがある人だから詠いたいことをたくさん詠えば良いです」と坂井修一先生からの言葉も、「一人の女性としてのカンちゃんがそのまま歌に出ていて良いです。誰かからの評価を気にせず、のびのびと書きなさい」と佐伯裕子先生からの言葉も、「今の自分を詠うだけではなく、過去の自分も詠ってみてください。自分の心に残っている過去の自分に会ってみるのも良いですよ」と梅内美華子先生からの言葉も私には一番の教科書でした。

二〇一六年から二〇一九年までの物語

第一歌集『まだまだです』はⅠ部とⅡ部に分けています。Ⅰ部は、二〇一六年から二〇一八年までの三年間の「角川短歌賞」入選作を中心に収載しました。そしてⅡ部は、二〇一八年の秋から二〇一九年の秋までの一年間の新作を載せました。

Ⅰ部では、日本にまだ慣れていなかった自分が日本をどう見ているのか、そして故郷を離れ、他国で一生懸命に生きていくのに不安や悩みの多い一人の女性としての私がたくさん出ていると思います。それに比べ、Ⅱ部では日本での生活が少しずつ慣れてきてからの私となり、日本という国で自分の道を決めてゆく日々が見えるのではないかと思います。

そして私の歌のもう一つのテーマは、日本と韓国です。飛行機に乗れば二時間〜二時間半で行ける国同士ですけれど、最近はさらに日本と韓国の関係が悪化していることが切ないです。できれば私自身も日本と韓国の間の架け橋になれたらと心から思いながらも、一番難しい国同士であることを実感しています。正直に言いますと、韓国出身の私が短歌をやることは思うより大変な道が待っているのかもしれません。それでも私が短歌を詠い続けてゆきたいと思う理由は、両国を想う純粋な私の気持ちが一番伝わる場所だと信じているからです。

タイトルを決めるのに時間がかかりました。日本に来て八年となる私の物語を入れ込んだ第一歌集ですが、どんなタイトルにすればこの八年間の私の気持ちを表すことができるのか、ずっと迷いました。それで決めたのが『まだまだです』です。

日本に来たばかりの時、私は「まだまだです」という言葉の良さを知りませんでした。韓国では誰かに褒められると「ありがとうございます」とは言いますけど、「まだまだです」という言葉はそんなに使わないです。最初は何で自分を低めるのかが分かりませんでした。それが、「まだまだです」という日本語を使い続けてゆくうちに私はこの言葉が持つ深い意味を感じることになりました。上手く説明ができないかもしれませんが、「まだまだです」を言うたびに私は初心に戻れます。心の奥から謙遜の気持ちが湧くというか、まだまだの私だからこそこれからもっと伸びるという前向きな気持ちにもなるのです。本当に素敵な日本語だと思います。

今も私はまだまだです。日本に来て八年。そして母国語でもない日本語で第一歌集を出せるということは私の人生にとって奇跡のような出来事ですが、私は今日も明日も「まだまだです」を言い続ける人生を生きてゆきたいと思います。つまり、これからも「まだまだです」の私でいたいのです。日本で毎日学んで毎日成長してまた訪れる新たな奇跡に喜ぶ人生を送りたい、その気持ちが第一歌集のタイトルになりました。

短歌に救われて

短歌は私を救ってくれた大切な存在でもあります。短歌を通じて私は色んな自分と向き合うことが出来ました。嫌な自分だったり、向き合いたくなかった自分もその中にはいます。そして韓国では気づいてなかった自分も、独りで日本で過ごしながら新しくできた自分もいます。一首一首、短歌を書きながら私は自分自身を客観的に見つめ直すことができ、本当の自分を認めながら自分自身を心から理解することになりました。きっと私はこれからも短歌を自分の人生の軸心にしていくと思います。日本に来て短歌に出会えて私らしい人生を歩むことができて私は本当に本当に幸せです。

日本に来るときは夢にも思わなかった第一歌集。感謝の気持ちを伝えたい方々がたくさんいます。第一歌集を実現させてくださってありがとうございます。角川『短歌』の編集長の石川さん、編集の打田さん。日本語も下手だった私を発掘してくださり、育ててくださってありがとうございます。ＮＨＫのプロデューサーの蜂谷さん、ディレクターの細木さん、石川さん、清水さん、柿本さん。私の夢を全力で支えてくださる事務所のマネージャーさん達には本当に感謝しかありません。大崎さん、西尾さん、永井さん、小野さん、廣木さん、松岡ちゃん。そしてＮＨＫ番組を通じて色々学ばせていただきました。佐伯裕子先生、栗木京子先生、坂井修一先生、永田和宏先生、梅内美華子先生、大松達知先生、東直子先生、真中朋久先生、江戸雪先生、佐佐木頼綱先生。そして最後に、日本語は読めないですけれど、娘が国境を越え日本で住む決断をする時から毎日が心配で眠れない日々を過ごしてきたはずの最愛の母に「母の存在こそが私を頑張らせてくれます」と伝えたいです。

ほかにも感謝の気持ちを伝えたい方々がたくさんいますが、改めて一人ずつご挨拶させて頂きたいと思います。本当にありがとうございます。これからも感謝の気持ちを忘れずに日本で誠実に生きてゆきます。

令和元年十月

カン・ハンナ

著者略歴

カン・ハンナ

1981年ソウル生まれ。
2011年に来日。
横浜国立大学大学院都市イノベーション学府博士後期課程に在学中。
ホリプロに所属し、タレントとしても活動中。

2014年〜
　NHK Eテレ『短歌de胸キュン』『NHK短歌』にレギュラー出演。
2016年 角川短歌賞佳作に入選。
2017年 角川短歌賞次席に入選。
2018年 角川短歌賞佳作に入選。

歌集　まだまだです

2019年12月10日　初版発行
2020年 3 月 5 日　2版発行

著　者　カン・ハンナ
発行者　宍戸健司
発　行　公益財団法人 角川文化振興財団
〒102-0071 東京都千代田区富士見1-12-15
電話 03-5215-7821
http://www.kadokawa-zaidan.or.jp/
発　売　株式会社 KADOKAWA
〒102-8177 東京都千代田区富士見2-13-3
電話 0570-002-301（カスタマーサポート・ナビダイヤル）
受付時間　11時〜13時 / 14時〜17時（土日祝日を除く）
https://www.kadokawa.co.jp/
印刷製本　中央精版印刷株式会社
 ISBN978-4-04-884317-1 C0092